COAL SACK
銀河短歌叢書 2

ショパンの孤独

福田淑子 歌集

歌集

ショパンの孤独

目次

I　わが三十七兆細胞

II　ショパンの孤独

Ⅲ　夜来香

Ⅳ　Last love

歌集

ショパンの孤独

福田　淑子

Ⅰ　わが三十七兆細胞

群雲

身体を濡《ぬ》るるにまかせ一筋のわれも水脈　雨降り続く

雨雲の遮《さへぎ》りてゐるその上の成層圏に突き抜けて　月

グールドのピアノ骨身に沁みわたりわが三十七兆細胞浄化す

書かぬままに置く手紙あり窓の辺に陽を透過せる薔薇の紅き葉

迷ひ子のわれを見下ろす立ち葵　幼き記憶の色そのままに

群雲の走るを浮かび上がらせて月の光は冴えわたりたる

赤き実

赤き実の日めくりに濃さの増しゆくを見守りてをり時刻みをり

初夏《はつなつ》の光を浴びて白き薔薇花弁ぢりぢり朽ち色となる

陶工が険しき面《おも》にて描きをり白磁に淡き藍の草の実

天と地を巡る雨水含みつつ日増しに熟れゆく青き野葡萄

生ひ出づるところを選べず立ち葵抜かるるまでを凛《りん》と咲きをり

真夜中に鴉のカウと叫《おら》ぶれば裂けて現はる五次元世界

繭籠もり

三十七兆わが細胞のざわめきてかちかち撥《は》ねる音が聞こえる

平和とは平らげることわれもまた同じ顔にて打つタブレット

目に見えぬ電波《ネット》の糸にくるまれてホモ・ルーデンス繭籠《まゆご》もりせり

六月は夥《おびただ》しき色の花溢れ　さまざまに咲く恋掩護《えんご》せよ

白き薔薇くれなゐの薔薇と散りしきてかくして夏は訪ひにけり

おやそうかい　早や昨日を忘れをり笑顔の九十九《つくも》歳はおつとり答ふ

夏の光

一滴の悲しみをさへ隠喩とす　ことばとことばの海泳ぎゐて

わが胸を子宮に紛《まが》へ嬰児《みどりご》の前頭葉言語野はまどろみにけり

まだ見えぬ目に星粒の影宿し児は無造作に摑《つか》む手をする

この夏を凌《しの》ぐ気力の湧き立ちぬちひさき命は瑞々《みづみづ》しくて

日傘もて夏の光をかき分けて猛暑を泳ぐ烏賊《いか》のごとくに

一枚の薄氷運ぶ風とほりさくつと裂ける真夏のまどろみ

盛夏

見る夢は幼き日々と変はりなく意識・無意識深まらぬまま

墜落は目撃されず　海底の星となりたるサン・テグジュペリ

殺すなよ人はやがては死ぬものぞ束の間われら共存共生

灼熱ノ八月ノ空閃光ニヤカレタ記憶　肌ニ刺シクル

半夏生《はんげしょう》　息絶え絶えの炎天に雪の白さを恵む一葉

草花は無心に咲けりこの夏も地球にひたすら命を繋ぐ

ダーク・マター

暮れゆきて家々に火の点るころ銀河鉄道遠く旅立つ

息するがやつとの土地のあることに思ひ馳せたり熱波の一夜

暗闇に腹這ひて寝る兵士らの背を照らしつつ月渡りゆく

洗濯機の回るがごとき勢ひで夏洗ひたり帯状豪雨

出国の手続き終へてこの先は異人とならん島国を出づ

大方はダーク・マターの暗黒にぽつかり浮かぶ水の惑星

入道雲

人知れず開きて萎《しぼ》める朝顔の凛《りん》と咲きたる青き残像

草の葉の香の漂ひて目覚むればぶ厚き雲にふたがれてゐる

入道雲競ひ合ふかに伸びてきてみるみる白に覆《おほ》はるる空

立ち葵行き交う車にゆらりともふらりともせず群生しをり

薄倖を生きたる母もこの頃は笑顔ばかりの記憶となりぬ

百億年過去に光は放たれてすでに消えたる星を見てゐる

消滅幻想

ひとつづつ枯れ葉落として見事なる影絵となりぬ冬の裸木

谷底を赤き風船落ちてゆく　重力ゆるみふはりふはりと

球面はカタストロフィに波打てり　われに伝はる歪《ゆが》みと亀裂

水滴の飛び散るがごとランダムに宇宙の果てまで星拡散す

嬰児《ミドリゴ》ハ宙《ソラ》ヨリ来ル我々ノ意表ヲ突キテ無心ニ微笑《ホオエ》ム

何処ニカ反物質ノ星アラバ出会へバ地球ノ消滅幻想

迦具夜

適度なる距離保ちつつ水鳥のつがひの泳ぐ木漏れ日の池

隣り合ふエレベーターは食ひ違ひ飽かず眺める落下と上昇

永遠に交はる気配は見えぬままわれらを巡る回転軌道

引力と遠心力の釣り合ひて月と地球の距離定まれる

太陽を黄色に映し宙《そら》に浮く月連れとして人類はある

ひとり行くあの世とならば願ひたし　迦具夜《かぐや》も住まふ月の都を

地球船

秋空をみるみる覆ふ薄墨のエレガントなる雲の諧調

アスファルトの枯葉かさこそ冬の陽を浴ぶればそこは黄金の道

銀杏の葉ひとかたまりに空に舞い走りゆく雲縦に切り裂く

どこまでも続く静寂《しじま》を彷徨《さまよ》へり地球船《オデッセイ》より切り離されて

渦を巻くブラックホールの周辺はごおおと響く音すらすまい

お隣のマゼラン星雲から見れば銀河の果ては何色だろう

超新星

羊蹄山《ようていざん》映して静もる湖に生死を分かつ境は見えず

超新星赤色巨星中性子星　地上の紫陽花《あぢさゐ》静まり返る

（＊超新星／赤色巨星／中性子星　いずれも星の爆発と関係がある）

暗黒に恒星瞬き深しんと寒さ沁みくる裸の地球

冬空

冬空に巨大なラッコの雲流れ千切れたる尾が追ひかけてゆく

人の住む乾きたる地に石と砂と昼と夜とが果てなく続く

喉元に塊のごと解せぬもの支《つか》えたる日にするり陽は落つ

明日への神話

幼子を遺す無念に青白き母の面《おもて》は微《かす》かに傾ぐ

二時間もあらば真白き灰となる人は誰しも可燃物ゆゑ

寒椿　娘《こ》の昇天を待つ父にみぞれ混じりの雨降り止まず

魂の浮遊してゐる空見上げ遺されし幼《をさな》ふいに微笑む

一隅が翡翠《ひすい》の色に燃えてをり雨の上がりし竹林の朝

仮死のごと枯れたる木々にまた若葉出づれば淡き明日への神話

ホモ・サピエンス

お造りの魚に恋のお相手がゐたかもしれず淡き身の色

身をよじりトランペットの叫ぶ間を寄り添ひうたふピアノを知るや

我知らずピアノの調べに涙するマジョルカ島の雨だれの音

遙カナル旅シテ来タル我ラユヱコノ惑星ニ希望ヲ託ス

鳥の羽根羊の毛を剝《む》きふつくらと寒さを凌ぐホモ・サピエンス

冬枯れの鉢の根元に紅の吹き矢のごとく小さき花の芽

春の祭典

ああこれがスコットランドの風でした弦の調べがヒースを撫でる

朝の日がまぶしく優しいこんな日は時空の底ひに身を沈めゐる

枝先をてのひらの形に突き出して裸木《らぼく》が踊る春の祭典

淡水の凍れる色の空の下黄色の花も膨らみてくる

ひび割れる幼きわれと友の声夕暮れまでを過ごした土管

高速で回転続けるこの惑星《ほし》の光と影に寝起きしてをり

檸檬

満天の夜空の星が衝突し火の粉となりて地に降り注ぐ

てのひらに冷たき檸檬《レモン》を握りしめ確かめてゐるいのちと命

微熱持つ作家の諧謔《エスプリ》　丸善の本を積み上げ檸檬を装填

またひとつため息を込めひつそりと白き風船放つ夕闇

生きる意味問ふに倦《う》まねど解せぬまま花満開の春を迎へる

限りなくはるか彼方にあればこそしじまに輝く星の美し

光琳

悠長に提琴《ヴィオロン》われに語りかけ数多の言葉眠りにつきぬ

いつせいに庭先に咲く白き梅もの言はざれば心鎮もる

風吹けど散るを急がぬ紅梅の木の辺りには気品満ちをり

国宝の紅白梅図が知らぬ間に眼に宿りゐてわれは光琳

暗闇に白き花びら降りやまずソメイヨシノは雪雲のごと

木星と月並びゐて花の上　冥《くら》き天にてしばしの宴

花筏

花筏《はないかだ》　生き急ぐかの兵士らを映像にしてひねもす眺む

たは易く平和が好きといふなかれ光とどかぬ闇を泳ぎぬ

ゆふぐれに影引かぬ人雑踏に紛れてゐたり殺意を秘めて

雨降らば覚むる日もあれ蜂蜜にまみれてまどろむまのびした街

われも君も木《こ》つ端《ぱ》微《み》塵《じん》に吹つ飛びぬ超新星爆発新緑のなか

わが命尽きても遙か悠久に果てなく広がる宙《そら》の胎動

大国主命

口を開け火を噴き荒ぶるわが大地美《うま》し国けさも胎動しをり

太古より母なる大地は怒れるを八百万《やほよろづ》の神忘れし我ら

火口には大国主《おほあなぬし》が宿りゐる崇りの山も束の間眠る

黄金《きん》色の液埋もれたる豊壌の砂漠の国に戦火は絶えず

ツンドラの大地に眠る在りし日のマンモスの夢宙《そら》を彷徨《さまよ》ふ

どこまでも真白き畑広がりぬ裸のイブを包む綿の実

孤体

月満ちて羊水もろとも生《あ》れしこのやはらかき身は鼓動している

はらわたにほんたうのこと詰め込みてバラードを聴く　諦《あきら》めないよ

かぐや姫昇つていかぬ天空にぽつねんと浮く中秋の月

Ⅱ　ショパンの孤独

ショパンの孤独

明け方のグラジオラスは炎上ぐほの暗き闇を吸い込むごとく
朱鷺《とき》色に光ほどけて陽は落ちぬ　人みな薄く透きとほりゆき
エチュードに太古の風の吹きすさぶ立ち上がりくるショパンの孤独

喜多郎の音色は金砂の渦となり辛き記憶を埋めてくれをり

ゆるやかに流るる〈時〉を睦びをれば言葉以前の泡の音する

陶酔は束の間ゆゑにいとほしく花びら流れショパンの「雨だれ」

立ち葵

陰謀に隠されゐるか立ち葵　薄紫に花開きをり

今日逝かば幸せなる死かも知れぬ入道雲の湧き出づる午後

八月は蟬しぐれにて埋め尽くせ大法要の読経のごとく

硝子戸に秋の雲立ち病室は桔梗・竜胆・紫式部

影を増す夕闇の底　瞬ける星屑に似る街静まれり

藍色に染まりし丘は海となり民家の灯り漂ふがごと

蟬しぐれ

ヴィオロンの音さざ波となり空に満つわが魂は地上に降りず

カンナ燃ゆ灼熱の記憶吸ひ込みし広島の夏ただ蟬しぐれ

晩夏来ぬ　命惜しまん蟬しぐれ不平なしとはわれも思はず

蟬の声驟雨のごとく降り注ぎ身体のコアの揺らぎ始める

蟬時雨ひとりし思へばある時は世界を抱く倒錯を生む

もののふの身体に余れる憂ひゆゑ幽体離脱けふ憂国忌

木漏れ日

菊の花咲ける籬《まがき》の続く村屋根の上には千年の空

山の樹の緑の色は数知れず色とりどりの木漏れ日を浴ぶ

作り手の創意確かに伝はれば物と暮らすもにぎやかなるや

母ひとり置き去りにして君逝けり憂ひ消えしか岸上大作

紅葉の蔦の一片空覆ふ　今日も何処にテロリストたち

庭園をひとり行く身の寂しさも緑に溶ける夏の木漏れ日

風立ちぬ

病重く孤立せるものひつそりと気流の澱みに身を浮かべゐる

風立ちぬ馴染みしものへの未練など抛り投げたし帽子のごとく

勝つことのその喜びは人類のいかなる謎ぞパラリンピック

麦畑

花びらは滲みて雨に紛るるか黒き幹のみ映ゆる桜木

麦畑黒きからすもひと飲みにゴッホの黄色は炎上げたり

七回忌幼き弟追憶の闇より出でて陽に晒されてゐる

夏木立

ＩＣ・ＩＴ鉛の色に変換す　鈍色暮色寂しき返信

生まれ出づる悲しみ知らぬ嬰児《みどりご》の澄みたる瞳は若葉映せる

黒々と濃き蔭抱く夏木立真昼の光も静まりてをり

秋

自転車に秋の夜風のまつわりて抜きつ抜かれつ行く少年ら

磨かれし鏡のごとき秋の陽に恨みの心も透き通りゆく

唐突に光失ふ夕闇に家の灯浮かびて秋は窮まる

孤立

体操の呼吸ずらして密かなる抵抗計る括られたくなく

隊列の最後をうなだれ歩みゆく少女は朝日に背《せな》を押されて

切り取りて記憶消したき過去のありふいに浮かびて声漏れ出づる

ほの暗きまだらの月よけふもまた地球を巡り影落としゆく

身の内の邪気出づるまで湯に浸り今宵は星の燃ゆる音聴く

秋の日の真つ青な空へ逆さまに落ちやしないか重力はづれて

冷気

忙しなき日の始まりを笑ふごと風にまかせて葉は翻りをり

赤黒く塊となりて縮みをり美男葛の名を負ひし実は

書き物の背後にことり音のして南天の実のひとつ落ちたり

風雪

身体に昨日の思ひは追ひつかず地球の自転の加速してゐむ

昨夜降りし雪が溶けゆくを眺めをり友の訃報を呑み込まぬまま

のつそりと冬の満月昇りきて影絵となりぬビルの一群

キリコ

やがて皆消えゆくものと知りたれどなにゆゑ別れにかく秩序なき

暮るる頃異界となりし地平をば人は浮遊す悲しみを着て

壁の街影のみありて静まれり　キリコの痛み湧き起こりつつ

アラベスク

アラベスク踊るが如く枝ぶりを張りつめて立つ冬の街路樹

幾日も固くつぼみて開かざる花ほんのりとゆるみはじむる

えも言はぬ色に染まりし西空に黒くはだかる鉄塔の列

水

ふはふはと水に重さを預けつつ水底流るる光見てをり

透明のガラスの家に棲みたけれ光に透けて物みな浮遊す

父去りし食卓の風やはらぎて子らにふんはり茜色射す

みづうみ

みづうみに早春の風吹き渡りわたりてのちに湖《うみ》発光す

はかなげな花びらさへも見逃さず地中に引き込む地の上にゐる

手際よく花を緑に着せ替へて町は美《うるは》し何くはぬ街

ルーベンス

何もかも見逃さぬ眼を自画像に描き出したる老ルーベンス

なにゆゑに涙滲むかブリューゲルの絵の中の民生き生きと見ゆ

暁のまどろみのなか人知れず花たちは皆光放てり

ピカソ

若き日の傷ましき記憶生のままに描きてピカソ青ざめてをり

この度は打たれてみよか群れなして人をたたくは面白かるらし

神に近き苦しみといふも凄まじき病背負ひてリハビリの人

病室

ひとつづつ萎《しぼ》みて朽ちゆく花籠の花みな看取り病は癒えぬ

手を借りてやつと生きたる日を超えて看護の仕事の厳しきを知る

なにとなく置き忘れられし心地なる見舞客など去りし病室

傷ましきパリ

傷ましき心のままに逃げ来れば黄色やさしきシャンゼリゼの灯

一つづつベンチ占めたる影置きてボージュ広場の闇深まりぬ

石壁を被ふ蔦を背にものを書く老女《レディ》のゐるジョルジュ・サンドの庭

美術館の窓を額にし納まれるサクレクールは西日一色

サルトルはモンパルナスに眠るなり最期は一人の女性《ひと》を選びて

降りしきる落ち葉積もれる道をゆく薄氷《うすらひ》のごとき影を引きつつ

木枯らし

枝先に葉の残りをり二・三枚木枯らし吹けば吹くにまかせて

垂直に登りて行かん豆の木を鬼棲む空は朗らかなりや

鬼蜘蛛も蜘蛛の餌食も溶け込みて一つ炎の夕焼けの空

南天

南天の実に雪降りて積もりゆく純白のその束の間の時

感覚の消ゆる眠りの手前にて意識の竟《を》はりを確かめてみる

霙《みぞれ》降り雨の匂ひの浸み込みて今日といふ日の命惜しまん

砂嵐

冬枯れの木々紅色を帯びて立つ早春の雪光満ちたり

整地終へ春待つ畑に日の射して世を去りしもの静まりてゐる

人の死にテロも英霊もあるものか砂嵐舞ふ玉砂利の道

染井吉野

列島を染井吉野の埋め尽くすいつときわれらはクローンになれり

一斉に咲きて散り過ぐ花の間も淡きみどりは深まりてゆく

立ち枯れの木々と見まがふ冬木立芽吹きの力蓄へてをり

早春

気の遠くなるほど数の打ち寄する海辺の波に立ち合ひてをり

人気なき裏庭秘かに華やぎぬ隈なく埋める落ちたる椿

思ふこと頼みに生きて危ふきに眩しく赤く凛と冬薔薇

爛漫

霜月の真昼のひかり降り注ぎ凍てつく大気を切り裂きてゆく

身軽なる裸木にいま芽のふきて春の重みに枝撓みゐる

癒すほどの傷あるらむや連翹《れんぎょう》と梅の花咲く山里を行く

水の星

春雨の降り注ぐ枝を滑り落ち微塵に砕けし斑入りのつばき

水無月の水吸ひ上げてたをたをと動きよどみて葉のそよぎたる

花　若葉　青葉　紅葉　冬木立　眺めゐるまに古木となりぬ

「工事中通れません」の立て看板　世界は何処も工事中です

道路より葉山の海へ若者は旗振り車を誘導してゐる

灰色の沖よりうねり高まりてバルコニーは今海原にあり

煙幕

滝壺に墜落したる水流は飛び散り崖に舞ひ上がりをり

喧噪と光消えたる一瞬の闇深々と木々を癒せり

立ち葵昨年の位置に花開き幼き記憶また蘇る

生息

音階の数ほどの緑重なりぬ花消えしのちの木々と夏草

長椅子に人居並びてそれぞれが動かぬ顔にてメール打ちをり

隣り合ふ「他生の縁」は死語となりメールに向かひ殼まとひゐる

隠力

金網にハイビスカスは咲き誇り嘉手納の兵舎静まりてゐる

教育はあたたかくあれ　あぁたたかい　世界史のなかはのべつ戦ひ

一人居の休日なれど朝の陽の華やかなこと温かきこと

他人《ひと》

イアホンのボリューム上げて街を行く人の波動を押し返しつつ

濃き色の緑突き抜け若葉出づ　世代は明るく交代したり

自閉せるをのこよ立ちて考へよ青葉若葉と「性《エロス》」の終焉《ゆくへ》

痛覚

胸中に尖りし欠片《かけら》住みつきて時に痛めば戒めとせり

わが内の胃壁も腸も胆のうも胸の痛みに同調してをり

悟りには至らぬにしてもゆつくりと成仏したし土に馴染みて

我が銀河

霊園へ続く道なる百日紅《さるすべり》彼岸日さらに艶を増しをり

我が銀河アンドロメダと衝突す　六十億年後を憂ふる科学

これもまた思ひ出となるや「思ひ出」という言葉沁むるこの時

若冲の眼

やはらかき花びらぴんと張りつめて一日花の朝顔開く

次々と命終へゆく花房をそつと摘《つ》まみて土に置きたり

若冲の眼が乗り移る若冲展出できて後の植物小禽

優しきこゝろ

通勤の馴染みの車に微笑みぬいつしか人の如くに見えて

夜露吸ひ冷えたる夜具にくるまれば旅寝のうたびと蘇り来る

亡き人の頻りに懐かしき日もありて花に優しきこゝろを掛けをり

闇深き街路樹

街路樹は花散りてのち輝けり光合成の力強さよ

マンションの窓の光は多様なる色映しゐて　それぞれの日々

いかなれば野の花のごとくやはらかに露を抱きて静まりゐるや

交響曲《シンフォニー》

「眠れ眠れ言葉よ眠れ」思念想念モオツアルトの音に吸はせて

煩悶を真珠の転がる旋律に変へてシューベルトはひとり逝きたり

楽聖ベートーベンの曲流る　目路の限りに熟れたる葡萄

二拍子をワルツを踊る葉もありて欅は巧みに風を操る

人殺める道具作るに余念なきこの星のゆふやけ　美しすぎる

天空は底なしの青およおよと我は地表を右往左往す

大空

巨大なる繭を象《かたど》る鋼鉄に生身を納め夜空を飛行す

大空は青く果てなく広がれり愛では埋まらぬほどに無限に

バッハ聴く染みわたるまでバッハ聴くまだ生きること続けてみるか

Ⅲ　夜来香

友なる草木

野つ原にナズナ犬たで猫じやらし　昭和の草は楽しき遊具

強いのを捜して野原を争ひきオオバコの茎の相撲始まる

縄の葉を五本に開くチカラグサ草の力を放射状にす

終章

淋しさが驟雨のごとく襲ひ来る過ぎ去りしこと惜しむ　不覚に

上州の雲海に座す巨大なる僧侶のごとき黒き山々

椋鳥の枝を渡りて鳴き交はす叫ぶが如く雨喜ぶがごと

夜来香

うたことばかられて終りたる今日一日の爽やかなこと

あぢさゐの花は朽ち葉に紛れをり木枯らし沁みて霜月の骨

一本の夜来香《イエライイシャン》の樹なれども深夜の街をいよいよ濃くす

位置

今日もまた何に向かひて闘はむドン・キホーテの行く手の風車

終焉は蕾のうちより始まりぬ満開の花に悲しみの色

金色の銀杏も朽ち葉の色となりさらに淋しき夕暮れがくる

青年

日めくりの暦をいちまいめくるかに秋晴れの日のはらりと終はる

子らの素朴わづかに残して卒業の日を迎へたる十八の春

この星の住人もいいか　柿の葉のルビーの色に輝ける朝

異星人

異星より降り来る光の返信に「今日の地球はまだからうじて」

この星にいささかの希望捨てがたし　不思議不可思議な人間がゐて

旅にあり一時地球に立ち寄りて人間《ひと》のかたちをしばし試む

地球人Ⅰ

ラジオより七〇年代の歌聞こゆ「思へば遠くまできたもんだ」

桜葉はいよいよ深く色を増し花の記憶を覆ひ消し去る

閑あれば詮無きことも掘り当てぬ化石のごとき恋心など

地球人Ⅱ

今日もまた事なきを得て目覚めたり深き眠りより浮上してきて

中学生らに「死んでるのかな」と言はれつつビジネスマンは座席に眠る

人間が嫌になる日はひとり来て夕餉の代はりに樹の香り吸ふ

山小屋

かすかなる蛾の羽震へる音聞きて草深き山と一体となる

しんしんと淋しさ頻りに降る夜は死者を呼び出し酒酌み交はす

友愛の記念日のやうな日であつたやさしく静かに日は暮れてゆく

文明

機体揺れ乗客はみな固まりて一体となる空の箱船

負け犬も吠えねばならぬそれなりの技を磨きて生きてゆくため

四千年たゆまず戦を続けたる文明の明といふには昏《くら》し

一日

薄紙のやうなる皮を剝きたれば照り輝ける白き玉葱

どこまでも同心円の輪繋がりぬ真つ直ぐ伸びしネギを刻めば

ほの暗しほの明るしともどちらともつかぬ一日暮れ果ててゆく

此岸

咲きたるを手折れば忽ち力尽きはかなくなりぬ青き朝顔

この頃は死者に近づく心地してあの世の者へ語りかけたり

晩秋の夕闇早き路地裏を数多の俤《おもかげ》振り払ひて行く

幼年追記

曇天がどてーんと林に乗つかつて木々はまどろむ幼子のごと

豆腐屋の喇叭《ラッパ》を呼び止む母の声夕暮れ時のまどろみのなか

川も木も怒りをもつと畏れられ逃げ帰りたり遊びをやめて

民子追悼

みちのくの水を湛へし春の田は青一色の空を映せり

山肌は夕闇に紛れほの白く稜線見ゆる南部片富士

天井の低き教室今もあり教師啄木立ちし日のまま

草木

百日紅《さるすべり》咲き誇る今日をいとほしむ炎天の道を走り抜けつつ

定量の潤ひを撒く夕立にいづれの草木も生き生きとせり

朝まだき森に囀る百鳥《ももとり》の声に溶け入るバッハの楽曲

蟬しぐれ痛きほど降る森の中指令あるかにふいに静寂

白樺の顔無き巨木体温を持つかに我を見下ろしてをり

この命いただくと魚《いを》に塩を振り金の輪輝く大皿に載す

コンツェルト

ひつそりとひつそりと聴くコンツェルト情報の渦に呑み込まれぬやう

とつぷりと暮れたる空を三日月と金星だけが占領してゐる

萎《しお》れたる心に沁みる「交響曲《シンフォニー》」とりあへず今日は持ち堪へたし

早春

声の無き草木といへども大雪を乗せたる今朝は悲鳴上げをり

連綿と続くいのちを思ひたりどつしりまあるき母なる土偶

ビルの間を命のまるみ削ぎ落としスリムにスリムに女《をみな》ら歩む

行く春

ブーニンのショパンファーストコンツェルトわが恋心を掘り起こしたり

春の宵バレエを踊るなよやかな少女の手より若草匂ふ

花散りて待ちかねるかに勢ひてさみどりの葉はふつふつと湧く

望郷

半島を遙かに望む伊万里にて異国の陶工白磁を焼けり

山間に春はやうやく訪ひぬ静かに回る伊万里の轆轤《ろくろ》

くれなゐの薔薇はいよいよ色を増し魔王の如き影を深める

佇む

群生の林を放れ伸びやかに立つブナの木の威風堂々

痛ましく逝きしモオツアルトに借りがあるあの世で屹度《きっと》お返ししたし

寄り添ふを群れゐるを幸と言ふ人に独り居の心を伝へ損なふ

独り居は寂しくないかと問ひながらふたりの寂しさふふふと零す

劣情と呼ばるる情念は湧きてこず黄薔薇崩るるまで見届けて

目覚むれば耐へ難きことも点在す　生き続けるなら半眼にせよ

白秋

なにもかも暑く燃えゐる朱夏の後木々を浄化し白き秋来る

白き花白き実となりいつのまにまこと色づき紫式部

連星の動きに似たり還暦に安堵と悔恨の行き来してゐる

奈良

今にしも立ち上がり来る気迫もて奈良には数多猛き神あり

幾万の祈りを受けし半眼の阿弥陀如来のまつたき沈黙

戒壇に鑑真の声の流るるか百日紅《さるすべり》はつかに花を揺らせり

暮れゆく都

風雪を柱に納め東塔は蒼空切りて黒々と立つ

生まれ出でし時の泣き顔微笑みを昨日に思はる今日華燭の日

晩秋の闇はいきなり落ちてきて暗がりのなかライトの滲む

秋極まる

黄金に輝く林にいっぽんの翡翠の葉を持つ公孫樹《いちょう》の木あり

散る前の最後の命燃やすかに楓は紅き色を極める

熱を持つわが身体も球体のマグマもみいんな冷えゆく　やがて

冬日

一様の緑陰となして過ぎをれど散り際に知るそれぞれの木々

ふくらむ日しぼめる日あり我が胸の風船やうの暗き空洞

空に向かひ春の気配を摑むかに枝伸ばしゆく二月の欅

望春

プレートのすこし動けば我々の築ける日々は波に呑まれる

軒低き家並み続く土の道　幼きわれの亡きおとうとがくる

かうなれば愛しきものを削りつつ捨てつつ身軽に生きるのもよし

望国

荒らげて目覚める大地に思ひ知るわれらの浄土は彼岸にあるを

水の精セイレーンの悲しみが大波となり叫びをあぐるや

動きたる大地を波がなぞりたりただそれだけなるやわれらの惨事は

新緑

満月を見上ぐる姿の誰も似て万葉人の愛別思ふ

地上とは仮の住処と思ふまで間近にせまる中空の月

街路樹の消失点に薄紙を切り取つたやうな白き満月

どしや降り

バルザックベルジュラックにロートレック　五七五に並べてしまふ

死期を知りゾウは森に入るといふ我らの森はいづこにあらむ

寝床やうな入道雲を見てゐると「永眠」といふ語がやさしく響く

分光計《プリズム》

紫を枯れ色にしてあぢさゐは大輪のまま真夏へ向ふ

青々と水槽めけるビルの底　魚のごとく人ら漂ふ

純白のさるすべりの道走らせて誘《おび》く逃げ水追ひ続けたり

晩春

吹く風にかすかな悪意嗅ぎ取りぬ原子力《アトム》を愛した人間たちへ

この地にも出会ひと別れが住みてをり亡き人の影眠りゐる街

爛漫に花咲く道を歩むうちふと辿り着くといふはあの世

真夏日

真夏日の午後八時頃家々の風呂の湯の音道に溢るる

海底にヴィーナスはぐくむ谷間ありて地球はいつも胎動している

この青さあの広島もかくありけむ放射能漂へるといふ空

秋日和

紅き実にひと夏の暑さ閉ぢ込めて粒の内より光る南天

透明なメビウスの輪が浮かびくる秋の空には裏表がない

晩秋の僅かな温もり吸ひとるか白き満月冴えわたりたる

異国

見上ぐれば灰色の空にマロニエの黒き実なじむセーヌの夜明け

冬枯れの木々整然と並び立つベルサイユの庭に孤独を思ふ

若きらと笑ひ転げてひもすがら愁ひなきかに楽しみて過ぐ

エトランジェの気軽さ纏《まと》ひ霧雨のパリにて送る年の変はり目

ユーロとは無縁なりけりパリの街の路上に暮らす貧しき人々

我々は仏蘭西《フランス》人にはなれないね独立精神《アンデパンダン》ほど遠きこと

迎春

我もまた巡る季節の一部らし梢の春の色にときめく

単調に廻れる土のふくらみてしぼみて器の形定まる

唐突に旅に出でむと思ひ立ち残梅薫る古刹を訪《おとな》ふ

被災地

剥き出しの廃墟のビルに雲流る　地上の災禍もどこ吹く風に

プレハブの仮設スナック水割りとママの話が臓器に沁みる

みちのくの苦難の歴史また増しぬ　低き静かな声の語れり

花贄

わが父もそに並びゐつ花菖蒲若く逝きしがすつくと立ちて

濃厚な香りを放ち咲く薔薇を失敗ばかりの日の生贄に切る

水無月の街を歩めば洪水の如く垣根に紫陽花の咲く

盛夏

歩みゆく酷暑の真昼ふつふつと体の裡《うち》より湧くもののある

純白を黄金色に染めながら朽ちてゆきたるくちなしの花

見上ぐれば張り巡らさるる電線の下に住みをり檻に棲みをり

西宮

思ひ出の潜める土地を訪《おとな》へば神鳴り止まず雨降り止まず

亡弟の面影残る辺りには燃ゆるがごとく百日紅《さるすべり》咲く

湯上りの襟足風が撫でゆけば日本の夏のかはらぬ涼感

ARABU

この国に生まれてをれば我もまた黒きヒジャブを被りてをらむ

肌見せて歩く女性に目をそらすアラブ男にわれがとまどふ

アラブより戻りて母国に降り立てばかしこに生ふる雑草美し

落葉

死化粧をするかに木々は華やぎて落ち葉してゆき裸木となれり

かほどにも軽き音して落つる葉は命尽くせり欅の枝に

悟りゐる孤高の人の死も並べ括りてしまふ孤独死として

途方なき銀河の果ての住人と言ひ聞かせをり淋しき時は

地球人　今朝だしぬけに思ひたり　宇宙の粒のそのまた粒の

星くずの粒なるわれにつぶよりの悲しみもあり　振動してゐる

南十子星《サザンクロス》

如月のニュージーランドに降り立てばここは夏にて花盛りたり

悠久の時流るるや　お互ひを見交はすことなき羊が草食む

巨大銀河大マゼラン雲間近なり我らが銀河もかく見ゆるやも

かくなれば地球人では小さいね数多の星降る宇宙の住人

足裏に南の星をイメージす平らな道は球面となる

満月　同級生の死を悼みて

パソコンのＣＣメールで送られる君の訃報を君は読めない

客人が夕餉の卓に座りをり昨夜あの世に送りたる君

逝きし人　時経るほどに微笑みのほつこり胸に迫りて満月

秋陽

整地され放置されゐる百坪を草埋め尽くす　ひと夏見たり

年経れどヤサシクナレヌこともあり秋の陽射しは身を刺し透す

この夏も陽炎のごと消え失せて雨に冷えゆくアスファルト道

黒き皮に産毛のやうな粉ふきて夏を果肉に収めし葡萄

旋律の余韻漂ふ大空に夕日を映し光る筋雲

秋口にそぼ降る雨の纏《まと》はりていつしかわれも夕闇となる

冬到来

戦闘の神とは知らず　刀持つ大黒天は忿怒の相貌

淡水にガラスを張つたやうな空　冬到来を告げゐる晴れ間

絶え間なく降りくる雪に呟けりくうねるくうねるわれらが命

Ⅳ　Last love

Last love

張りつめて固く結びしわが肌を空気でつつむやうな抱擁

スカイプで深夜の空を駆けてくる声だけの君が私をつつむ

君がいる　だあれもいないはずの家時空はゆがんでいるってホントだ

初夏の緑さやげる街道を秘めごと乗せて疾走したり

待つ日々の痛みしづかにやはらげる長き眠りにつくいばら姫

やはらかく強きまなざし百年の眠りを破りていばらをほどく

いちまいのガーゼを当てて君に逢ふ指が傷口に触れないやうに

傷口のガーゼを君がゆつくりと剝がしてゐるからうつとりと待つ

きみのいない時空に潜り呼吸する　抱かれていると溶解するから

Last love 過去の記憶は透けてゆく木漏れ日の射す若葉のなかに

離れてもさびしがるなといふ君に幾度も幾度も抱かれてうなづく

からだよりこころを抱いてくれるからやはらかくなる私の身体

みづうみを渡れる風の気配より確信できる愛されてゐること

過去の君に纏《まと》はりつきしさまざまの影を削ぎつつ居場所を探す

とりあへずとりあへずの鎖締め付けてこころの奥に悲しみの壺

わたくしを揺れるこころにする思ひきつぱり打消すあなたのことば

「おはようの電話をかけて」時差ありし夜明けの電話をやはらかく切る

知らぬまま死んでゐたかもこんなにもお互ひおもひあへるにんげん

落ち着いてそんなに夢中にならないでメルトダウンを恐れる警告

異国より等身大の僕を見て僕を愛してと真剣な声

等身大の地上に生きるにんげんの温度で頼むと深夜の提言

今宵もまた結び目を一つ増やすかに心を籠めて受話器を置けり

こんなにもこころ静まりやすらげる奇跡のやうな今といふ時

降りやむを待てる器を持ちたきに持ち堪《こた》へえず雨の溢るる

悲しみを表すことば滲み出でてなじる以上に人苦します

焼けるといふ語源のままの感覚が胸襲へるに驚きてゐる

どうしても近づけない距離遅々として進まぬ時計の文字盤見てゐる

意を決しふはりと降り立つ足元に広がる現実　浮力がほしい

秘め事を大胆不敵ないたづらに変へたる君は天才詐欺師

君が今何してゐるか想ひつつ開く間際のつぼみ見てゐる

どれほどの時間かけても近づけぬ重力斥力　惑星の恋

不死鳥のごとくに君は飛来して飛び去りてまたタナトスの夜

独り居のきはまれるまで深まりぬ君帰して後の夜の静けさ

天空の星の孤独を思ひたり金星水星また離れ行く

赤鬼が無数にわれを取り囲み酒盛りしてゐる夢見て眠る

起き掛けにマーラーの曲流れ来て小さき巨人内より目覚む

孤独なる球体

梱包の箱に入りたるここちして部屋見回しぬ休日の朝

ドア開けて出づれば既に路にをり結界もはや失ひし家

青空は素知らぬ顔に見下ろせり　密閉容器に見まがふ屋根を

灰色の雲映すかに不機嫌な屋根の続ける街に住みをり

丈高き塀の奥なる屋敷林　子の遊ぶ声久しく聞かず

道を行くわれらに木々が呼び覚ます舗装の下の土の記憶を

街の上の風はいつときためらひて森なき道を走り抜けたり

幾万の花創りしに意図ありや　薊　竜胆　萩　曼珠沙華

その家の主は知らねど折々に咲く花の名は知り尽くしたり

冷やかな壁並びゐる路を行く「城」に入れぬカフカのごとく

寝静まる夜更けの帰路に何処よりはつかな人の気の流れくる

なきごゑに隣家の赤子も泣き出せり今宵の壁は風を通すか

花魁《おいらん》の簪《かんざし》のごと広がれる雄しべをゆらす花曼珠沙華

薄き殻肌に纏《まと》ひて雑踏を人行き交へば乾きたる音

遺伝子を遺さぬ性を抱へ込みオブジェとなりて光る身体

雑草も土管の基地も見あたらず悪童消えし高層の街

気取りたる服着て遊ぶ子供らの眼にも宿れりかすかな野性

地下街のタイルの下に灼熱のマグマはたぎる火花散らして

巨大都市風に靡かぬビル群を体ゆさぶり動かしてみる

悲しみと怒りをつめてビル立ちぬバベルの塔より高く鋭く

今朝方の青き朝顔ふにゃふにゃと帰還兵なる我を迎へる

出国の手続き済めばこの先は出国者といふ春の旅人

ベルギーのうつろなる目の物乞ひとやはらかき緑溶け込みて春

黒人の眼の白さ増す暗がりをパリの地下鉄《メトロ》は疾走しをり

地下鉄《メトロ》にてリズムをとりゐる黒人の幼の靴は口開きをり

パリの街も疲れし人のうつろなるまなざし多し通勤電車に

地下鉄を中心街より乗りくれば貧しき人のエリアに入りぬ

演奏の物乞ひは失せ地下鉄《メトロ》にも携帯画面を見入る人々

他人《ひと》に墜つる悲しき事も映像に納まればみな仮想現実

電光と電影身体《からだ》を透過するわれらはすでに神の影武者

解説　「迷ひ子」の眼差しから世界を感受する人
――福田淑子歌集『ショパンの孤独』に寄せて

鈴木　比佐雄

短歌とは日本語における詩歌の原点であり、日本語で詩作を作る際に甦ってくる母胎に刷り込まれた懐かしい韻律である。その韻律に促されつつもその束縛を自在に使いこなし新たな韻律とさえ感じさせる試みが現代短歌の挑戦なのだろう。人はこの世界に「迷ひ子」のように出現し、いつしか立ち去っていく宿命を持った存在だろう。その束の間の生を生きる者たちは、その思いを伝えるために言葉を生み出していく。言葉の原点には「迷ひ子」の心細くも未知のものに触れて驚きを感ずる純粋で無垢な精神が存在するに違いない。

福田淑子歌集『ショパンの孤独』は第一歌集であり、四六四首の短歌が四章に分けて収録されている。四章はⅠ「わが三十七兆細胞」、Ⅱ「ショパンの孤独」、Ⅲ「夜来香」、Ⅳ「Last love」から成り立っている。Ⅰ「わが三十七兆細胞」一一一首の冒頭にある「群雲」六首の中にある次の短歌を読むと、福田さんの感受性の原点である「幼き記憶」が立ち現われてくる。

「迷ひ子のわれを見下ろす立ち葵　幼き記憶の色そのままに」

福田さんの感受性の原点にある無垢な存在が浮かび上がってくるようだ。幼子の頃に福田さんは、親とはぐれて「迷ひ子」になり彷徨っていると、背の高い「立ち葵」の美しさに眼を止めた。その時に「迷ひ子」のわれを見詰めている大いなる存在を「立ち葵」に感じてしまった。見詰めていると同時に見詰められているというような双方向のこの世界の不思議な在り方を「幼き記憶」として心に刻んでしまったに違いない。「群雲」の初めの短歌「身体を濡《ぬ》るるにまかせ一筋のわれも水脈　雨降り続く」では、濡れた身体から「われも水脈」であることを発見してしまう。それは身体の皮膚を流れる水だけでなく、身体の内側を流れる水を意識し、「われも水脈」であることを感受してしまった驚きであるかもしれない。三首目の「グールドのピアノ骨身に沁みわたりわが三十七兆細胞浄化す」は、「臓器感覚」をもっと突き詰めていくと「細胞感覚」にまで至ってしまうことを告げている。グールドのピアノ旋律が「三十七兆細胞」の一つひとつに響き渡り、身体を浄化し活性化させてくれるのだろう。私たちの細胞たちは実は独特なリズムを奏でているのかも知れない。そのリズムとグールドの奏でるバッハの旋律などが実はとても似ていて響き合うのだろう。福田さんの短歌の特徴は、そんなグールドが独自に解釈して奏でたバッハの旋律などと身体の細胞と短歌の韻律の類縁性を見出し、自らの短歌の中でその感受したものを展開しようとする。「繭籠り」六首の冒頭の「三十七兆わが細胞のざわめきてかちかち撥《は》ねる音が聞こえる」などは、そんな「かちかち撥《は》ねる音」に耳を澄ませている福田さんの「細胞感覚」が端的に表現されている。

Ⅱ「ショパンの孤独」一三五首の中の「エチュードに太古の風の吹きすさぶ立ち上がりくるショパンの孤独」では、エチュード（練習曲）の流麗で激しいピアノの旋律を聴いていると「太古の風」が吹いてくると言い、そこには「ショパンの孤独」な精神が現れてくる。私は先の福田さんの「迷ひ子」の魂に触れたが、それと「ショパンの孤独」は同質なものであり、文学や音楽などの根底に流れている最も重要な芸術精神であると感じ取れる。想像力に価値を置き芸術作品を創造しようとする者たちは、「孤独」に立ち還ることが必要不可欠であり、そこを楽しむ心境をも暗示している。「立ち葵」六首の冒頭の「陰謀に隠されゐるか立ち葵薄紫に花開きをり」では、この世界の様々な「陰謀」によって隠されてしまったかのような「立ち葵」であるが、その「立ち葵」からの眼差しをいつもどこかで感じていたいと願っているのだろう。Ⅱの最後の短歌「バッハ聴く染みわたるまでバッハ聴くまだ生きること続けてみるか」の中にも、身体の細胞を豊かに活性化してくれる音楽と共に生きようとする決意が記されている。

Ⅲ「夜来香」一五二首の「一本の夜来香《イエライシャン》の樹なれども深夜の街をいよいよ濃くす」では、「夜来香」の花が深夜の街に広がる香りと、戦前の中国で山口淑子が歌いヒットした「夜来香」のメロディが想起され、嗅覚と聴覚を刺激してくれる。このような五感を刺激しダブルイメージを喚起させながら様々な記憶を宿した短歌が並んでいる。「文明」三首の中の「四千年たゆまず戦を続けたる文明の明といふには昏《くら》し」などの文明批評的な短歌では、日頃使われている言葉の偽りを明るみに出して鋭い批評性を提示している。

Ⅳ「Last love」六六首は福田さんの相聞歌であるが、現代短歌の抒情性が艶やかに込められている。例えば「からだよりこころを抱いてくれるからやはらかくなる私の身体」などは心身合一の恋情を自然に描いている。「Last love 過去の記憶は透けてゆく木漏れ日の射す若葉のなかに」は、「過去の記憶」が木漏れ日の当たる若葉の上に甦り、そこに温かな「Last love」を発見した喜びが記されている。ただ「起き掛けにマーラーの曲流れ来て小さき巨人内より目覚む」の中の「小さき巨人」という孤独は、絶えず細胞から湧き上がってくるのだろう。「Last love」の最後には「孤独なる球体」三十首が置かれている。その中の「なきごゑに隣家の赤子も泣き出せり今宵の壁は風を通すか」などを読むと、福田さんはその「なきごゑ」に「迷ひ子」や「ショパンの孤独」を感じていることが理解できる。福田さんの短歌は深層に潜む孤独の旋律であるが、孤独を貫いて孤独をつなげて豊かな共同体をイメージしていくような短歌を創造していると私には感じられた。そんな「ショパンの孤独」を多くの人びとに読んで欲しいと願っている。

跋文　永遠のテロリスト

村永　大和

福田淑子さんは、多才の人である。

私が福田さんと出会った時、彼女は勝れたエッセイストであった。無手勝流ではあったが、それ故に、戦いを挑んだ相手の肺腑を刺し通さないではいられない気概に満ちていた。その気概には、近年ますます磨きがかかっている。その彼女が、エッセーを通して短歌に辿り着いた。そして、ついには、最近は、俳句にまで至り着いているらしいのである。

福田さんは、また、多趣味の人である。

クラシック音楽に対する沈潜は、おそらく、趣味の域をこえているだろう。集中には、バッハやモーツァルトやショパンなどを歌った歌があり、就中、ショパンは「エチュードに太古の風の吹きすさぶ立ち上がりくるショパンの孤独」と、まことに、印象深く歌い取られている。「ショパンの孤独」は、勿論、福田さん自らの孤独であり、福田さんは、その時、「太古の風の吹きすさぶ」直中に立ちつくしている。痛ましい光景ではある。

私は、福田さんが、絵画に対する並々ならぬ鑑識眼を持っていて、数多くの作品を蒐集していることを知っている。それを見せて貰ったことがあるが、それは独特な感性によって手元に引き寄せられた作品群であった。私は、その時、ここには福田さんがいると思った記憶がある。

紅葉の蔦の一片空覆ふ　今日も何処にテロリストたち

この歌は、「母ひとり置き去りにして君逝けり憂ひ消えしか岸上大作」の歌の脇に置かれている。福田さんの、母を残して自死してしまった岸上大作に寄せる関心の深さには、ひどく強烈なものがあった。こうして、二首の歌を並べて読んでいると、岸上大作は、テロリストだったことに思い当たる。岸上大作は、自らの居場所をさがしあぐねた、自らに対するテロリストだったのである。

まだ見えぬ目に星粒の影宿し児は無造作に摑む手をする

集中には、また、この様な一首もあった。

「まだ見えぬ目」の「児」は、福田さんである。福田さんは、「無造作に摑む手」をして、必死に己れをさぐっている。福田さんは、エッセーに短歌に俳句に、そして、クラシック音楽に絵画に、今日も自らのアイデンティティーをさぐり続けている。

だから、福田淑子さんは、永遠のテロリストであり、永遠に孤独である。

あとがき

コールサック社の編集長鈴木比佐雄氏との出会いは、私にとって僥倖であった。歌を詠むとは、受け取り手不明の手紙を次々虚空に発信しているようなもの。自分でも手に負えなくなるほど膨らんだ歌の束を繙き、鈴木氏は魂をこめて読み通し、歌集に編んでくださった。

幼少の頃、平穏な私の家族に父親が倒れるという突然の悲劇が訪れた。そして小学校入学時あたりから、下校時に中空を浮遊しているような身体感覚に襲われ、しばしば帰る道を見失った。私にとって地上の引力はとても弱かったのだと思う。手当たり次第に図書館の本を借りてきて、ひねもす物語の中に棲んでいた。身体が地上に繋ぎとめられるようになったのは、自分の思いを表現する手段を手に入れてからだ。しかし、ことばに命を吹き込むのは容易ではない。

教師時代に職場の同僚であった短歌評論家の村永大和氏によって短歌の世界と出会うことになった。十数年前に人工股関節を入れる手術を受け、数か月間、病床のベッドから身動きならないときに、彼から「短歌の懸賞論文があるけれど、ものが書けるなら応募したらどうか」と勧められた。ベッドの上で齋藤史の全歌集に眼を通し、書き上げた追悼・齋藤史の歌論「馥郁たる反逆」は落選したが、翌年の『文芸埼玉』の評論部門に掲載され、それが歌を作るきっかけになった。

いきなり飛び込んだ歌誌「波濤」の同人時代には、真鍋正男氏や中島やよひ氏より短歌について、懇切なご指導をいただき大西民子の全歌集を読む機会を得て、第八回大西民子賞をいただいた。そこで多くの貴重な歌友も得たのだが、一人で歌を作ることを選んだ私に最近、「同人はいたほうがいいよ」と村永氏より声を掛けられ、昨年の春に歌誌「まろにゑ」を数人で立ち上げることになった。つれづれの習い事に陥らない歌評会をどう設計運営していくのか、あれこれ模索していたこの夏、思い切って以前より敬愛している俳人高澤晶子氏の「花林花」の句会に参加した。偶々そこで出会った原詩夏至氏、鈴木光影氏が、私の歌を運命のごとく鈴木比佐雄氏に導いてくれた。ことばで、人と繋がっていく、ことばが幾重にも人の輪にからまっていく。だから、耳を澄まし、目を閉じ、心を見つめ、ことばを研ぎ澄ましていくこと、詩歌がテクノロジーの時代にも廃れない理由がそこにあるように思う。この歌集がその思いを繋ぐ一つになることを心から願う。

最後に、ハイテクで様々なモノを生み出し続ける時代に、つぶやきのようなささやかな詩歌のこころを拾い上げ、掬い取り、地上に発信してくださっているコールサック社の鈴木比佐雄氏、編集担当の座馬寛彦氏、装丁を担当してくださった杉山静香氏、そして表紙の絵を描いてくださった持田翼氏に感謝を申し上げる。

二〇一六年十一月七日

福田　淑子

福田淑子（ふくだ　よしこ）略歴

歌人、俳人、法政大学講師、日本文学協会会員、JGCA 認定ガイダンスカウンセラー。短歌誌「波濤」を経て、短歌誌「まろにゑ」、現代短歌「舟の会」、俳句誌「花林花」各会員。

「孤独なる球体」30 首で第 8 回大西民子賞を受賞。

著書に、歌集『ショパンの孤独』（第 13 回日本詩歌句随筆評論大賞短歌部門優秀賞）。

現住所　〒 165-0032　東京都中野区鷺宮 4-19-1

石炭袋

COAL SACK 銀河短歌叢書 2
福田淑子　歌集『ショパンの孤独』

2016 年 11 月 29 日初版発行
2019 年　4 月 25 日第 2 版発行
著　者　福田淑子
編　集　鈴木比佐雄・座馬寛彦
発行者　鈴木比佐雄
発行所　株式会社 コールサック社
〒 173-0004　東京都板橋区板橋 2-63-4-209
電話 03-5944-3258　FAX 03-5944-3238
suzuki@coal-sack.com　http://www.coal-sack.com
郵便振替　00180-4-741802
印刷管理　（株）コールサック社　製作部

＊表紙絵　持田翼　　＊装丁　杉山静香

落丁本・乱丁本はお取り替えいたします。

ISBN978-4-86435-276-5　C1092　￥1500E